AF313047

DISCOURS

PRONONCÉS

DANS L'ACADEMIE

FRANÇOISE,

Le Lundi 14 Mars M. DCC. LVII.

A LA RECEPTION

DE M. L'EVÊQUE D'AUTUN.

A PARIS,

Chez BRUNET, Imprimeur de l'Académie Françoise,
rue S. Jacques.

M. DCC. LVII.

M. L'Evesque d'Autun, *ayant été élû par Messieurs de l'Académie Françoise, à la place de M.* le Cardinal de Soubize, *y vint prendre séance le Lundi* 14 *Mars* 1757, *& prononça le Discours qui suit.*

Messieurs,

Quand vous élevez jusqu'à vous des Ecrivains devenus célébres par leurs connoissances & par leurs talens, vous avez droit d'attendre des remercimens qui répondent à la réputation dont ils jouissent, & à l'honneur que vous leur faites. Mais vous ne pouvez pas toujours réparer vos pertes par des choix également utiles & glorieux. Il est trop rare de trouver des hommes qui vous ressemblent; & puisque vous vous ètes contentés d'encourager en moi le simple amour des Lettres, de récompenser tout au plus l'admiration que vous inspirez, j'ose

A

le dire , il ne seroit pas juste de me demander aujourd'hui plus que le mérite qui m'a attiré vos suffrages.

Je ne sollicite votre indulgence que pour la manière de vous exprimer mes sentimens : car si vous voulez bien oublier pour un moment l'éloquence de cette foule de grands hommes qui ont parlé ici avant moi , je ne désespère pas de vous convaincre qu'aucun d'eux ne m'a surpassé ni en sensibilité pour vos faveurs, ni en respect pour votre gloire.

Il semble que ce soit un privilége attaché à l'élévation de certains génies , que celui de communiquer à tout ce qui émane d'eux une partie de leur grandeur & de la vénération qu'ils ont méritée. Et qui doit à plus juste titre recueillir l'application de cette vérité, que vous, MESSIEURS, & que le Ministre à jamais mémorable , auquel vous devez votre établissement ? Le Cardinal de Richelieu est parvenu à ce point de célébrité, où les hommes ne peuvent plus être loués, où ils ne reçoivent plus de nouvel hommage , si ce n'est peut-être des efforts que fait la flatterie pour leur comparer ceux dont elle cherche à exagérer le mérite. De son nom seul sort un éclat qui se répand sur tous ses projets : cette Compagnie est déja illustre à mes yeux, & je ne la considère encore que comme son Ouvrage.

Richelieu n'eut que le tems d'en prévoir l'utilité : mais elle ne pouvoit manquer d'être sentie par tout ce que la France avoit alors de plus zélé

3

our la perfection des Lettres. Séguier s'empreffe
donc d'effuyer vos pleurs ; je vois fuir devant lui
la barbarie des fiècles précédens ; il ne craint point
de mêler les doux entretiens des Mufes aux fonctions les plus févères du miniftère public ; il veille
fur vous comme fur le dépôt facré des loix , & en
fe couvrant de tout l'honneur que vous devez faire
bientôt au nom François, il vous affocie à la gloire
qui fuit, dans un premier Magiftrat , la jufte confiance des Rois , & la conftante vénération des
Peuples.

Vos deftinées s'embelliffent, MESSIEURS, à
mefure que la lumière fe répand , & que l'eftime
des Lettres approche de plus près du Trône. Mais
comment raffembler ici cette foule de merveilles
qui fe trouvent trop refferrées dans l'efpace du plus
long des regnes ? La Religion, les Mœurs , la Paix,
la Victoire, les Sciences, les Arts, les Profpérités,
les Revers , l'Homme, le Monarque, le Chrétien ;
tout s'offre, tout fuffit à peine à l'éloge de LOUIS
XIV. Il eft également difficile , & de trouver une
grande qualité qui lui ait manqué, & de dire toutes
celles qu'il a réunies. Qu'il eft flateur pour cette
Académie de devoir à un tel Prince fes plus pré-
cieufes diftinctions ! Qu'il eft beau pour vous ,
MESSIEURS, qu'un Roi ait cru s'honorer du nom
de votre Protecteur , tandis qu'il donnoit le fien
à fon fiècle !

Et qu'on ne s'étonne point de tant de faveurs
de la part d'un Monarque qui entendoit fi bien
l'art difficile de difpenfer, d'embellir & de faire

mériter fes graces! Il aimoit, c'eft trop peu ; il connoiffoit tout ce qui pouvoit contribuer à la grandeur de l'Etat: il fçavoit qu'un peuple qui s'élève, ne s'en tient guères à un feul genre de fupériorité ; que celle de l'efprit & du fçavoir entraîne ordinairement celle de la puiffance , qu'elle lui eft même préférable aux yeux de la fageffe & de l'humanité. LOUIS ne s'eft point trompé : la Nation Françoife eft devenue la plus puiffante, la plus éclairée de l'Univers. C'eft à lui, c'eft à vous MESSIEURS, qu'en eft dûe la principale gloire.

Mais permettez que paffant rapidement fur cette partie de votre éloge, trop connue déformais pour pouvoir être inftructive , je m'arrête à une autre qui a plus d'attraits pour moi, parce qu'elle vous honore encore plus, & qu'elle peut être plus utile. Elle naît de cette précieufe égalité , dont vous faites profeffion, & dans laquelle je crois appercevoir le caractère particulier qui vous diftingue de toutes les Sociétés connues.

L'honneur qu'on a ici d'être affocié aux perfonnes du premier rang , a été donné plus d'une fois comme un moyen propre à animer les talens & à exciter l'émulation. Quoi qu'il en foit, de cette manière d'envifager votre égalité , ce n'eft pas celle qui me touche le plus ; me fera-t'il permis de le dire ? J'ai peine à reconnoître les droits de la folide gloire, dans les petiteffes de la vanité ; à eftimer comme un grand bien celui qui ne feroit éclater notre vertu qu'en annonçant notre foibleffe.

L'égalité, qui a de juftes droits fur mon admiration, n'enfante pas plus l'orgueil que la confufion : elle eft fille de la Sageffe. C'eft celle qui dans le plus bel âge du monde, fit la grandeur, les délices de l'homme, & qui mérite d'autant plus les regrets, qu'elle femble ne lui avoir été enlevée que pour punir & multiplier fes injuftices.

Si les hommes avoient toujours été fages, ils n'auroient jamais connu d'autres biens que les lumières & la vertu ; & tous ayant le même penchant, la même facilité à fe procurer les feuls avantages qu'ils pouvoient eftimer, l'indiftinction des rangs fe feroit perpétuée parmi eux avec celle du mérite. Mais l'ignorance & la corruption ne tardèrent pas à obfcurcir l'idée, à affoiblir le goût de la véritable grandeur : la néceffité de la récompenfer dans les uns, de l'encourager dans les autres, de la faire refpecter par tous, entraîna celle d'y attacher des honneurs ; & dès-lors fut exilée de la terre l'égalité qui faifoit notre plus bel ornement, mais qui ne pouvoit furvivre à notre fageffe.

Qu'eft-ce donc, quand on les confidère dans ce point de vue, que les titres & les dignités, finon de triftes témoins qui dépofent trop haut de notre mifère, qui flattent notre amour-propre, & qui ne devroient qu'humilier notre raifon ? C'eft tout au plus un mal devenu néceffaire ; un piége utile que l'intérêt commun tend à notre vanité ; une récompenfe pour le mérite fans doute, mais qui, lors même qu'elle ne dégénère point de fa première inftitution, honore moins l'homme qu'elle ne flétrit l'humanité toute entière.

Encore si instruits par nos malheurs, nous nou étions appliqués à retirer de la seule ressource qu nous restoit, tous les avantages auxquels elle éto destinée : mais nous avons éprouvé la double hu miliation, d'y être réduits & d'en abuser. Des di tinctions qui font une espèce de trésor public parce qu'elles ne furent établies que pour l'utilit commune, font devenues la proie des desirs pai ticuliers : la faveur les a obtenues, la naissance le a perpétuées, les voies les moins pénibles ont ét bientôt les voies les plus ordinaires pour y arri ver : à force de séparer le rang & le mérite, on dégradé l'un, fait oublier l'autre : un nouvea genre d'idolâtrie s'est introduit sur la terre ; à l véritable, à la seule Divinité que la multitud n'a pû reconnoître, a succédé une foule de Dieu que les Sages n'ont pû adorer.

A Dieu ne plaise, Messieurs, que je pré tende caractériser notre siècle par un reprochı qu'il mérite sans doute moins que ceux qui l'on précédé. Les maux que je déplore, font ceux d la nature entière. Mais si au milieu de cette sé duction générale, il se trouvoit une société d'hom mes que la contagion eût respecté, qui ne fût oc cupée qu'à étendre, qu'à répandre ses lumières & qui ne pensât à éclairer les esprits que pour ré gler plus sûrement les cœurs ; dont l'émulation ne fût autre chose que le desir de se rendre utile, & les récompenses qu'une gloire innocente, peu différente de la satisfaction d'avoir mérité ; qui ne connût d'autre empire que celui de la raison pure,

autre fupériorité que celle des connoiffances &
e la vertu ; où les Grands fuffent admis, mais
eux-là feulement qui n'ont befoin pour l'être, ni
e leur naiffance, ni de leurs titres, & qui placés
u milieu des Sages font moins flattés des diftinc-
ons qu'ils y portent, que de l'égalité qu'ils vien-
ent y chercher ; fi dis-je, il fe trouvoit encore une
ociété d'hommes qui réunît tous ces caractères,
ui fût gouvernée par ces loix, quel fpectacle plus
apable de nous étonner &de nous inftruire ? Avec
uels tranfports ne devrions-nous pas y décou-
rir, y révérer l'image de notre première gran-
eur !

Vos Contemporains, Messieurs, font trop
près de vous, pour ne pas chercher à vous mécon-
noître dans cette peinture. C'eft un de nos malheurs
es plus ordinaires, que celui de ne vouloir pas
affez eftimer les biens dont nous jouiffons : mais
aiffons le tems effacer ces taches légères, dont
n'eft jamais exempte ici bas la gloire la plus pure.
La poftérité ne connoît ni les exagérations de la
aloufie, ni les dégoûts de l'habitude : elle eft fans
paffion, elle vous verra avec les mêmes yeux que
moi.

Il importe peu, Messieurs, que vous vous
foyez préfentés fous le même point de vue, à
tous ceux dont vous avez éprouvé les empreffe-
mens. Quand chacun auroit eu fa manière d'am-
bitionner l'honneur de vous appartenir ; quand
vous auriez fait naître autant de defirs différens
qu'il y a de fleurs qui vous couronnent, vous n'en

avez que plus fûrement raffemblé tout ce que. le
différens Ordres de l'Etat ont eu de plus diftin
gué, depuis la naiffance de l'Académie. Qu'o
parcoure vos faftes & ceux de la Nation, on n'
trouvera point de génie fublime, d'Ecrivain ver
tueux, à qui vos Ouvrages n'aient fervi de mo
dèles, dont vos honneurs n'aient échauffé l'ému
lation, qui n'ait regardé comme une récompenfe
de pouvoir réunir fes lumières à leur fource. O
n'y verra point d'homme qualifié, de grand
ami des Lettres, qui n'ait crû honorer fon non
en le plaçant à côté des vôtres.

Tels furent en particulier les fentimens de l'il
luftre Académicien auquel j'ai l'honneur de fuc
céder. Il étoit iffu d'un fang qui s'eft fouvent alli
avec celui des Rois, & qui ne céde en nobleff
à aucun autre. Sa Maifon en poffeffion de tout c
qu'il y a d'éminent dans les places & dans les di
gnités, juftifioit, voyoit croître chaque jour l
confiance du Souverain, plus flatteufe encore qu
fes graces. Un oncle lui avoit été donné moin
grand par fa naiffance que par fes talens, qui fu
long-tems l'ornement de l'Eglife, de la Cour, &
de cette Compagnie, & qui pour n'avoir penfé
fonder l'élévation de fon élève que fur le mérite
n'en étoit que plus fûr de lui tranfmettre toute l
fienne, comme une récompenfe de fes fervice
Que d'écueils, MESSIEURS, pour un homm
qui auroit eu plus de penchant à jouir de la gran
deur des fiens qu'à marcher fur leurs traces? Le
ames fortes changent les obftacles en moyens

Monfieu

onfieur le Cardinal de Soubize en fait plus pour
ftifier la Fortune qui vient le trouver , que les
utres pour mériter celle qu'ils cherchent. On le
oit jeune encore à la tête de la première Ecole
 monde , prendre pour modèle l'Oncle célèbre
'il vient y remplacer ; pourquoi chercherois-je à
iffimuler une différence qui eft à fon avantage ?
vec moins de qualités extérieures & brillantes,
 y fuccède à toute fa réputation : la Religion à
eine a eu le tems de fonder fur lui des efpéran-
es, il lui a déja rendu des fervices éclatans.

Des fuccès auffi prématurés ne pouvoient être
ue le fruit de beaucoup de travail & de veilles ;
 c'eft ici , fur - tout, que votre illuftre Confrère
evient l'objet de votre admiration & de vos re-
rets. Il écouta plus fon zèle que fes forces ; fa
nté en reçut des impreffions mortelles ; & vous
e lui donnez aujourd'hui des larmes , que parce
u'il s'eft trop preffé de mériter vos defirs.

Un long répos, des ménagemens extrêmes au-
oient pû, peut-être, vous le conferver plus long-
ems : on lui en avoit fait une loi févère ; mais
outes les dignités de l'Eglife & de l'Etat précipi-
ent, femblent oublier pour lui leur marche ordi-
aire ; & autant il lui auroit été facile d'y renoncer,
 elles n'étoient venues forcer, pour ainfi dire, fon
ndifférence, autant il lui eft impoffible, après les
voir acceptées , de n'en pas remplir tous les de-
oirs. Les uns le reclament pour une Eglife que fes
rédéceffeurs gouvernerent en Souverains, & dont
l ne veut être que le père : d'autres le raménent

auprès d'un Maître qu'il fert autant par zèle
par reconnoiffance pour fes bienfaits : aucun
fouffre de ce partage. Si vous ne l'avez pas poff
tout entier vous - mêmes, vous avez du mo
éprouvé jufqu'où alloient fon eftime pour vous,
goût pour vos occupations, & vous lui renc
avec plaifir cette juftice, qu'il ne vous a jamais
enlevé que par de plus preffans befoins. Il étoi
vous, au Roi, à fon Diocèfe, à l'Eglife entiè
Qu'il fentit vivement, qu'il déplora fouvent
troubles trop longs qui l'agitent! Eft-il défigné
la confiance du Prince, pour chercher les moye
de les calmer? Il paroît avec diftinction à côté
ce que l'Epifcopat & la Magiftrature ont de pl
éclairé, & de plus fage: il brille au milieu de
lumière, & l'on ne fçait auquel des deux applau
davantage, ou d'un fçavoir qui détruit tout ce qu
doit combattre, ou d'un zèle qui ne défend q
ce qu'il faut conferver.

Combien de mérites ne fe foutiennent qu'à
faveur de la diftance dans laquelle on les appe
çoit? Monfieur le Cardinal de Soubize paroiff
plus eftimable à mefure qu'on pénétroit plus ava
dans le fond de fon caractère: caractère de fageff
de droiture & de force. Son rang demandoit de
repréfentation & de l'éclat; il en avoit banni to
ce qui pouvoit reffentir la diffipation & le faft
il auroit fupprimé le refte par goût, il s'y foume
toit par néceffité. Ses places le fixoient à la Cou
où la fimple politeffe fe pare aifément des couleu
de l'amitié; où il eft rare que les principes ne fl

niſſent pas ſous le deſir de plaire, s'ils ne flotent
lus ſouvent au gré des intérêts : on ne le trou-
oit quelquefois moins empreſſé, que parce qu'il
toit toujours ſincère : les démonſtrations ne furent
n lui que l'expreſſion du ſentiment. Avoit-il pris
n parti dans une affaire, on ne devoit eſpérer ni
e le laſſer, ni de le ſéduire ; il falloit le con-
aincre : & s'il eut un défaut, peut-être fût-ce celui
l'être trop en garde contre tout ce qu'il croyoit
'être pas la vérité.

Quand la Religion avec toute ſa force, ſe fait
entir à une ame de cette trempe, il n'y a plus
ien dans la nature qui ſoit capable de l'abbattre
u de l'ébranler. Si M. le Cardinal de Soubize
périſſant à la fleur de ſon âge, comblé de biens
& d'honneurs, avoit jetté ſur ſa deſtinée un regard
d'attendriſſement, oſeroit-on lui imputer à foi-
bleſſe, un ſentiment que la plus grande indiffé-
rence ne peut lui refuſer ? La mort nous trouvera
moins courageux pour lui, que lui-même. Au
front ſerein qu'il lui préſente, au ſoin qu'il prend
d'en dérober le ſpectacle à tout ce qui lui eſt cher,
à des proches moins ſenſibles eux-mêmes aux
charmes de la grandeur qu'aux douceurs de l'amitié, il eſt aiſé de voir qu'il ne la craint que pour
eux, qu'il ne cherche à en faire un objet ni d'admiration ni de larmes : il ne penſe qu'à la rendre
chrétienne, utile : il va la chercher au milieu de
ceux qu'il eſt chargé d'inſtruire & d'édifier.

Je n'ai point eſpéré MESSIEURS, vous ne me
demandez pas vous-mèmes de réparer pleinement

la perte que vous avez faite. Ce feroit beaucou
fi en rappellant à votre fouvenir les vertus de ce
lui que je remplace, je ne vous paroiffois pas tout
à-fait indigne de l'honneur que je reçois ; mai
comment me flatter encore de cette confiance
à la vue des nouvelles obligations que j'y décou
vre ? Vos cœurs me préviennent, tout m'annonc
ici le Roi qui vous a placés à l'ombre de fon Trô
ne, & qui fait réjaillir fur vous l'éclat de fes ac
tions, en vous confiant le foin de les tranfmettr
à la poftérité. Que n'ai-je vos talens pour me li
vrer à tout ce qu'il m'infpire d'admiration & d
zèle, pour le peindre tel qu'il eft, jufte, coura
geux, pacifique, ami des hommes, tous les jour
plus grand, n'attendant que de nouveaux befoin
pour répandre de nouveaux bienfaits.

Quand nous l'avons vû prêt à foudroyer le der
nier rempart de fes ennemis, arrêter tout à coup
le cours de fes victoires pour leur donner la paix,
aurions-nous penfé, MESSIEURS, qu'ils puffen
ne l'envifager que comme un Prince laffé de vain
cre, raffaffié de gloire, qui cherche par fa mo
dération à relever l'éclat de fon courage, & qui
digne de l'amour de fes Sujets & de l'admiration
de l'univers, n'en a pas fait affez pour mériter la
confiance de fes voifins ? Mais par quel charme
nouveau voudroient-ils fe diffimuler encore cette
partie de la grandeur de notre augufte Monar
que ? ou plutôt comment tous les peuples ne don-
neront-ils pas à l'envi, le nom de père commun à
celui qui les porte tous dans fon cœur, & qui

13

j'annonce moins comme le Roi d'une nation par-
ticuliere, que comme le protecteur de l'humanité ? Je n'en excepte pas celle qui s'est flattée
peut-être d'abufer de tant de vertu, & que fon
ambition a fans doute trop aveuglée. Que pour
en couvrir l'injuftice aux yeux de cette partie du
monde, elle aille lui chercher des prétextes au-
delà des mers ; qu'au mépris des Traités & de la
foi publique, elle fe croye autorifée à allumer le
flambeau d'une guerre qu'elle n'auroit ofé annon-
cer ; elle fera du moins étonnée de la longanimi-
té du Roi qu'elle offenfe. En effet, MESSIEURS,
quelles autres armes a-t-il oppofées à fes premieres aggreffions, que celles de la juftice & de la
patience ? quels délais ne lui a-t-il pas donnés
pour fe reconnoître ? Ses peuples, moins jaloux
que lui de leur repos, commencent à s'allarmer
pour fa gloire ; le Souverain le plus fage laiffe
prefque oublier qu'il eft le plus puiffant : on di-
roit du moins que comme le Ciel, il eft fûr de la
vengeance, & qu'il veut, pour punir, avoir per-
du l'efpoir de pardonner. Il va donc vaincre malgré lui-même : en vain nos ennemis fe prévalent
des mers immenfes qui nous féparent, des flottes
nombreufes dont ils les couvrent, de ces remparts
où la nature & l'art femblent s'être concertés pour
ne laiffer aux plus intrépides que le défefpoir de
les avoir bravés. Triftes appuis de l'Angleterre,
qui ajoûtent à l'honneur de nos armes, & qui ne
peuvent rien pour fa fûreté ! Sa place la plus for-
midable & la plus importante au bien de fon

commerce céde aux premiers efforts de nos trou
pes, & à la prudente audace du Héros qui les con
duit : ses pavillons déployés pour sa défense ne s
montrent que pour augmenter la honte de sa dé
faite : la victoire suit les drapeaux de LOUIS au
extrémités du monde, & jusqu'aux nations les plu
barbares qui connoissent la justice de sa cause, tou
applaudit aux éclats de son ressentiment.

Mais tandis qu'il fait éprouver à ses ennemi
tous les maux que leur aveuglement a rendus né
cessaires, il épargne à l'Europe tous ceux que s
sagesse peut prévoir. Une politique trop uniform
pour être toujours éclairée, décidoit depuis long
tems de ses destins. Sous prétexte d'intérêts qui n
sont plus, elle éternisoit la discorde entre deu
Puissances, qui ne seront jamais si sûres de se main
tenir, que lorsqu'elles ne penseront point à se nuir
Elle travailloit à procurer la paix des Nations, &
elle s'obstinoit à l'attendre d'un systême d'équili
bre, dont la marche trop inquiète, dont les com
binaisons trop multipliées les tiennent toutes dan
de continuelles allarmes, & ne manquent guère
de les envelopper dans les mêmes malheurs. Ell
craignoit l'aggrandissement des principales Mo
narchies, & elle ne voyoit pas que toutes ses pré
cautions bornées à cet objet unique, autorisoien
les Princes les plus foibles à être les plus auda
dacieux; qu'ils s'aggrandissoient tous les jours à l
faveur de l'illusion. Ainsi pour fermer une port
à la guerre, on lui en ouvroit mille : les plus petit
orages portoient par-tout le tonnerre, & les moin

dres étincelles excitoient un embrafement général. C'étoit encore aujourd'hui le projet de l'ambition & la reffource de la foibleffe: mais LOUIS fçait que les principes les plus fages , ceffent de l'être dès qu'ils font outrés ; qu'il n'y a d'invariable dans les règles humaines , que celle qui nous fait bien ufer de toutes ; qu'on peut remédier aux maux qu'on fouffre, fans ceffer de fe précautionner contre les dangers qu'on craint. D'un feul trait de lumière & de bonté, il enlève à fes ennemis leurs plus folides efpérances: Il donne à tous les Souverains des leçons de modération & de fidélité : il prépare des triomphes moins onéreux à fes peuples; & ne laiffe prefque d'autre vœu à former au monde que celui de voir fe perpétuer entre deux Princes, une union qui doit faire fon bonheur , auffi longtems que les héritiers de leurs Couronnes le feront de leurs vertus.

Mais quel affreux nuage dérobe à mes yeux des objets fi confolans? Que vois-je ! La fource de notre félicité devenue en un moment celle de nos larmes les plus amères; la Majefté de Dieu violée dans fa plus vive image ; une Nation qui n'échappe au plus effroyable des malheurs , que parce qu'elle eft déja affez punie par le plus grand des crimes. Ciel, qui vous plaifez à faire fentir vos plus douces influences à ceux qui s'humilient fous le poids de vos rigueurs, vous avez entendu nos cris; vous avez aimé nos foupirs ; mefurez vos confolations fur notre douleur. Ajoutez aux jours précieux que nous avons été menacés de perdre, des jours qui

ne feront jamais affez longs au gré de notre ten-
dreffe. Que l'Homme de votre droite croiffe fans
ceffe en profpérités & en vertus : que la Religion
foit toujours l'objet de fon zèle, la règle de fes
actions , comme elle eft le plus ferme appui de
fon Trône , & fur-tout qu'il ait bientôt la fatis-
faction de voir tous nos cœurs auffi unis dans leurs
autres fentimens qu'ils le font dans l'amour du
meilleur des Maîtres.

Reponſe

Réponse de M. Dupré de Saint-Maur, au Discours de M. l'Evêque d'Autun.

Monsieur,

Il est des pertes qui se réparent, mais qui ne s'oublient point, & que le tems n'efface jamais.

Vous retrouvez ici tous les sentimens d'estime & d'amitié que d'étroites liaisons inspiroient pour vous à M. le Cardinal de Soubize.

Nous retrouvons en vous son amour pour les Lettres, un esprit également solide, instruit, naturel, agréable.

Ces compensations produisent en nous divers mouvemens. Le passé nourrit nos regrets ; le présent porte la joie dans nos cœurs ; l'avenir élève nos espérances : & nos desirs, quoiqu'ils se bornent difficilement, ne pouvoient pas se promettre davantage.

Conduits par ces motifs, sans nous arrêter à l'exemple d'un Peuple législateur des autres, des Romains, qui exigeoient la présence & les sollicitations des Candidats, nous vous avons élu, Monsieur, tandis que vous étiez aux extrêmités du Royaume.

Sans doute la voix publique vous en aura porté la nouvelle, avec la même vivacité qu'elle nous a rendu les Difcours que vous avez prononcés en plufieurs occafions.

Vous n'ignorez pas que les fréquentes révifions de fes jugemens, d'où nos règles font forties, la rendent aujourd'hui plus difficile que les Antoines & les Cicérons ne fe piquoient de l'être fur l'éloquence ; qu'elle y defire une perfection inouie, du propre aveu de ces Orateurs, au fiècle même d'Augufte , & dont la plénitude étoit en effet réfervée au fiècle de LOUIS LE GRAND.

Elle veut que le ftyle imite ces rivières utiles au commerce, dont la navigation n'eft interrompue ni par leur peu de profondeur, ni par des chutes précipitées : qu'il coule avec majefté ; qu'il varie fouvent, & qu'il fe proportionne au fujet, comme nous les voyons fe conformer au terrein ; tantôt traverfant les plaines fans faire aucun détour, tantôt prenant un circuit, & fe plaifant à ferpenter entre les côteaux, pour porter l'abondance en divers lieux, & pour embellir une plus grande quantité d'objets.

Et n'avez-vous pas fçu, Monsieur, allier ces différens principes, malgré leur étendue & la multiplicité de leurs rapports !

Il vous étoit permis d'obferver avec moins d'attention combien la renommée s'occupe de vous. Son empreffement à recueillir vos différentes productions vaut toutes les louanges que la prévention la mieux fondée pourroit nous fuggérer.

Mettons à part le témoignage d'une fçavante

ɔle, inſtituée ſous un Saint Roi, pour conſer-
le dépôt de nos vérités les plus importantes.
Ne nous arrêtons point aux acclamations d'une
ɔvince, à qui vous avez fait ſentir ſi noblement
devoirs & ſes véritables intérêts.
Jugeons-en par le remerciment que nous venons
ntendre.
Faut-il que cette heureuſe égalité que vous nous
ez tracée comme le plan ſur lequel fut formé
tre établiſſement, & qui régnoit au tems où
terre parloit un même langage, ne puiſſe paſſer
ns mes expreſſions ? Je joindrois mes accens aux
tres pour prolonger les honneurs dus à la mé-
ɔire de celui dont vous prenez ici la place.
Eh! l'éloquence d'Iſocrate ſuffiroit-elle aux ſeuls
ɔges de l'illuſtre Catherine de Parthenai, qui
duiſit ſes divins préceptes ; qui, ſans autre mo-
le que les Sophocles & les Ariſtophanes, com-
ɔſa dans les deux genres ; & qui formant une
bſtitution des qualités les plus rares que les hom-
es admirent, fit paſſer avec ſes vertus le nom de
ɔubize dans la Maiſon de Rohan ? Ses vues ont
é remplies.
Les premieres paroles qui frapperent l'oreille
: M. le Cardinal de Soubize, ouvroient ſon eſprit,
rmoient ſon langage, lui donnoient peu-à-peu
goût du beau, & l'initioient dès-lors à l'Aca-
:mie. Pouvoient-elles manquer de charmes, ſor-
nt de la bouche de M. le Cardinal de Rohan ?
es murs, ſéjour de nos Rois, azyle des Lettres

& des Sciences , & les fuperbes Palais de l'an
cienne Capitale du Monde, conferveront toujour
une parfaite vénération pour l'Oncle & pour l
Neveu.

Ils réuniſſoient l'un & l'autre les dons les plu
eſtimables ſous différens caractères.

Tous deux profonds, éloquens, & capables d
ſoutenir le poids des plus grandes affaires.

Le premier avec plus de dehors, d'apparence
d'ouverture ; le ſecond avec plus d'intérieur, d
ſimplicité, de réſerve : celui-là gagnant plutôt le
hommes, leur accordant plus aiſément , & défé
rant ſans peine à leurs foibleſſes ; celui-ci les ſub
juguant, ferme, inébranlable, & ne donnant ja
mais priſe ſur lui : l'un plus brillant, plus ſédui-
ſant, plus infinuant ; l'autre ſévère pour lui-même
tendre pour ſa famille, fidéle à ſes amis, ne faiſan
rien perdre aux abſens, rien ſouffrir aux préſens
attentif pour tous ceux qui l'approchoient, & n'e
exigeant d'autres devoirs que la vérité ; il oſoi
faire le bien, méritoit de le connoître , & ne
s'écartoit jamais du chemin qu'il croyoit y conduire.

Les Regîtres où s'inſcrivent les exercices de la
Licence & du cours des études, ſont pleins des
diſtinctions accordées à la ſupériorité de ſon génie comme à celle de ſa naiſſance ; & les Salles
de Sorbonne accoutumées à répondre par des élo-
ges pompeux aux entretiens du grand Oncle, re-
tentiſſent encore des applaudiſſemens donnés aux
ſçavantes compoſitions de ſon illuſtre Neveu.

Il y combattoit d'avance dans un de ſes Diſ-cours, (*) un Ouvrage enfanté depuis peu , où l'Auteur , très-louable d'ailleurs par les graces du ſtyle, & par la force du raiſonnement , ſe propo-ſoit ſans doute un pur jeu d'eſprit. Un Ecrivain ſi judicieux auroit-il penſé ſérieuſement que la Scien-ce pût être nuiſible dans un Etat? Non , il n'en vouloit détruire que l'abus.

Avant que ſa vingt-deuxième année fût révolue, M. le Cardinal de Soubize étoit aſſis à la tête des vieillards d'Iſrael , & de ces hommes conſommés dans l'intelligence des divines Ecritures. Ses gran-des qualités demandoient une plus grande ſphére. Il fut nommé pour ſoulager Monſieur ſon Oncle dans les fonctions de l'Epiſcopat ; & ſemblable à ces aſtres brillans , qui dociles aux ordres de leur Créateur, marchent avec joie (**), & répandent ſans ceſſe la lumière, du poſte où ſa voix les ap-pelle , il partit pour Straſbourg.

En s'y préſentant, il calma par l'égalité de ſon caractère , par la ſûreté de ſon commerce, par les grands principes de Religion , de probité, d'hon-neur, & par ſon attention ſur toutes les parties du Diocèſe, les frayeurs du Troupeau allarmé de l'in-ſtant qui devoit le priver du reſpectable Prélat

(*) Le ſujet de ſon Diſcours pour la clôture des Sorboniques en 1739 , étoit , *Quantùm Regi & Reipublicæ prodeſt Scientia in ſubditis.*

(**) *Stellæ autemdederunt lumen in cuſtodiis ſuis, & lætatæ ſunt ; vocatæ ſunt , & dixerunt, adſumus ; & luxerunt ei cum jucunditate qui fecit illas.* Baruch c. 3. v. 34. & 35.

dont un si digne successeur venoit seconder les travaux.

Nos larmes sur la mort du premier couloient encore, quand nous commençâmes à trembler pour la vie du second. Son courage n'en fut point ému. Il vit avec tranquillité que la moitié de sa carrière, où la jeunesse, la naissance, la faveur & le mérite lui présentoient des avantages si satisfaisans, alloit bientôt disparoitre : & prêt à donner le dernier exemple à son Diocèse, il s'y fit transporter. Ses jours ont fini avec cette sérénité qui caractérise & récompense les cœurs sublimes & véritablement Chrétiens.

Quel sujet de douleur pour une Princesse que ses vertus capables d'annoblir des ames royales, ont rendue digne de présider à l'éducation des enfans les plus précieux à la France !

Que de désolation pour un Prince distingué dans la ville par une affabilité qui reléve les Grands loin de les dégrader, à la Cour par son attachement reconnu de son Maître, dans les Armées par sa valeur, par son activité, par sa prévoyance, par ses libéralités ; & qui suivant les mouvemens de noblesse & de magnificence héréditaires de sa Maison, où les mêmes vertus perpétuent les mêmes titres, n'a jamais cru qu'il pût faire un meilleur usage de ses possessions, que d'en secourir le Soldat malade & l'Officier qui venoit d'éprouver un revers de la Fortune.

L'Académie, Monsieur, compte parmi ses jours

le gloire le tems qui vous rapprochoit d'elle.

C'étoit alors que relevant de ſes propres tro-
phées ceux de notre Fondateur, le vainqueur d'une
des Iſles où la force d'Alcide ſe feroit aujourd'hui
briſée, prenoit des Places qu'une garniſon nom-
breuſe, la Mer, les Rochers, la Nature, l'Art &
des Villes flotantes, ſembloient rendre impre-
nables.

Son bras a vengé les engagemens ſolemnels
violés, le droit des gens bleſſé, l'inſulte faite au
Pavillon François, & la liberté du commerce que
l'intérêt d'une Nation détachée des autres, vouloit
leur enlever.

L'Europe étoit ſur le point de ſe plaindre qu'un
Monarque, image de la Providence par ſa patience,
par ſa ſageſſe, par ſon pouvoir, ſuſpendît ſi long-
tems ſon tonnerre. Sa valeur avoit fixé l'admiration. L'Europe manquera-t'elle à préſent de confiance en ſa bonté ? Il a tenté toutes les voies ima-
ginables pour épargner, s'il eût été poſſible, à la
terre épuiſée, le triſte fleau de la guerre.

Aurions-nous cru qu'au milieu des ſoins qu'il
prend pour nous rendre heureux, le coup le plus
terrible nous menaçoit ! Eloignons de nos idées
de ſemblables horreurs, & ne nous intéreſſons qu'à
la conſervation du Prince qui nous gouverne.

Que de biens nous produit ſa modération ! Ineſ-
timable vertu, compagne inſéparable de toutes les
autres, & ſans laquelle il n'eſt point de biens pour
nous, c'eſt toi qui vient de cimenter notre al-

liance avec une grande Reine, dont la conduite
& le courage nous ont souvent étonnés.

Unis à cette Princesse, ne devrions-nous pas
rendre l'Europe immobile, assurer le repos de la
terre, & rompre des chaînes plus injurieuses pour
les ondes, que les fers qui leur furent autrefois pré-
sentés par ce frénétique tyran de la Perse.

Déja nos vaisseaux fendent les Mers, en pro-
tégent l'empire, & ne cédent qu'à celui qui com-
mande aux flots, & leur transmet sur les aîles des
vents ses volontés absolues.

Qu'un souffle salutaire améne au repentir les
infracteurs des Traités ; qu'ils prennent pour ar-
bitre l'équité même du Prince qu'ils ont offensé :
ou que nos rapides progrès les forcent bientôt d'in-
voquer cette aimable paix qu'un Roi comblé de
gloire, & les Muses lasses de chanter ses triomphes
desirent également !

www.ingramcontent.com/pod-product-compliance
Ingram Content Group UK Ltd.
Pitfield, Milton Keynes, MK11 3LW, UK
UKHW021637130726
13696UKWH00005B/2258